KB116350

맑은 날씨 좀 당겨써볼까?

보기만 해도 밝아지는 **플레이모빌** 포토에세이

맑은 날씨 좀
당겨 써 볼까?

조미나 지음

위즈덤하우스

살아가는 동안 늘 맑은 날만 기대하긴 어렵습니다.
어떤 날은 하루에도 몇 번이나
뜻하지 않은 일들을 만나 요동치는 감정에 시달리곤 하잖아요.

화창했던 마음에 먹구름이 몰려오거나
뿌옇게 안개가 끼기도 하고
비바람과 천둥번개가 휘몰아치며
잔잔한 일상을 뒤흔들어놓기도 합니다.

크고 작은 일들 틈에서 지쳐갈 때면
당분간만이라도 이 현실에서 뚝 떨어져
복잡한 머릿속과 마음속을 텅 비우고 싶지만
하던 일을 당장 손에서 놓기가 어디 그리 쉬운가요.

이렇게 어디론가 떠나고 싶지만 현실이 허락지 않을 때
답답한 마음을 조용히 달래고 싶을 때 이 책을 펼쳐보세요.
여러분의 하루하루가 화창해지길 바라며
플레이모빌이 사는 작은 세상의
맑은 기운을 이 책에 가득 담아보았습니다.

플레이모빌들의 세상에서 잠시라도 기분을 환기하고
따뜻하고 화사한 에너지를 마음 가득 채워보시기 바랍니다.

#1
기 분 이 좋 아 지 는
나 만 의 노 하 우

멋진 사진 한 장만 만나도 기쁜 인생~

기분이 좋아지는
나만의 노하우

멋진 사진 한 장
좋은 글귀 하나
기분을 끌어올려주는 음악
힘이 되어주는 사람….

그게 무엇이든
나를 기분 좋게 만드는 것들을 만나면
마음속에 차곡차곡 쌓아둡니다.
힘들고 지칠 때 꺼내볼 수 있도록.

#햇살 한 잔 하실래요? #꿀꺽꿀꺽

웃는 햇살

햇살을 향해 손을 뻗어보면
피부를 투과하는 붉은 햇살이 너무 좋아요.
따뜻하게 스며드는 햇살도
포슬포슬 모든 것을 일으키는 햇살도
모두 웃고 있는 것만 같아요.
웃는 햇살들이 쏟아지듯 내게로 오면
수억 개의 기억들에 절로 미소가 떠오르지요.

#내 마음은 이미 무장해제 #다 비켜!

그 어떤 규칙에도,
시간에도 구애받지 않고

정말 마음껏 달리고 싶어요.

#쉬는 게 별건가 #때론 햇볕이 만병통치약

그냥, 그 햇볕 아래 있는 것만으로도

맨도롱또똣 ☀

#나도 뛰어들고파 #플모 수영장 개장 #비누 거품 서핑

물속으로 풍덩 뛰어들 준비됐나요?

생각보다 가까운 피서지는
우리 집 욕실이 될 수도 있어요!

#리듬에 몸을 맡기면 #아드레날린 뿜뿜

낮 동안 힘들었던 일 다 털어버려요!

왜?

오늘 밤 주인공은 나야 나, 나야 나!

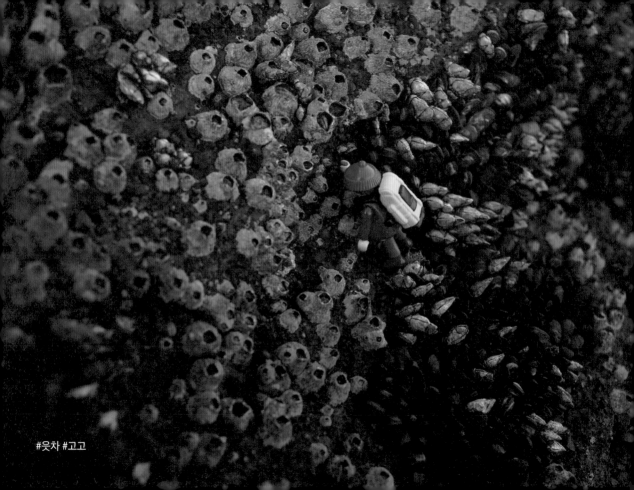

#웃차 #고고

일의 성과만 올리지 말고
자존감, 행복, 체력도 다 챙겨서

다!
　시
　　갑
　　라
　올

#다 내려놓고 놀아보자

가끔 놀이공원에 가보세요.

앞만 보고 달리느라 잊고 사는 마음이

그곳에서 나를 반겨줄지도 몰라요.

#눈이 내리면 #내 안의 동심도 살아나

"누가 눈사람이게?"

"멍멍! 엄마, 쟤 왜 저래? 물까?"

"왕자와 공주는 오래오래 행복하게 살았답니다."
이렇게 끝나는 동화의 마지막 문장처럼

나의 매일매일도 해피엔딩

.

.

.

.

까지는 아니어도 순탄했으면 좋겠다. ^_^

오늘의 시련을 녹여낼 따뜻한 말 한마디

작은 곳에서부터 반짝거리는 마음

#보폭이 좁아도 이동 가능

└ Keep Going ┐

더디지만 이렇게 조금씩 걸어가다 보면
따뜻하고 밝은 날을 만날 수 있겠죠?

#난 너랑 이야기할 때가 제일 좋더라 #대화 이행시

대신할 수 없는 너와의
화기애애한 시간

\#난 혼자가 아니야 \#오래도록 함께하자

다들, 나만 바라 봐~

#일단 밖으로 나가볼까요? #비타민 D는 덤

따뜻함을 무한 리필해드려요.

#무스카리의 꽃말은 실망 #인생은 실망과 희망의 연속

조금 실망해도 괜찮아요.
관심이라는 물뿌리개를 기울이면

다시 희망이 자라나니까요.

#너와 함께라면 #어디든 꽃길

꽃길

아름다운 마음으로 걸어서 더욱 꽃길

1. 종이를 접어 비행기를 만든다.

2. 툭툭 털어버리고 싶은 일을 종이비행기에 적는다(말로 대신해도 됨).

3. 있는 힘껏 날린다.

의외로 효과적!

스트레스, 퐈이어!

#괜히 잠재력이 아니다 #적재적소에서 튀어나온다

└ 잠재력 ┐

나의 무시무시한 잠재력

분명 어딘가에 있을 텐데….

찾아보자.

설마 외계 행성 발견하기보다 힘들까?!

49

#시작 이행시
#인생 뭐 있어? #그냥 덤벼보는 거야!

시름시름 고민만 하지 말고
작정하고 뛰어들어봐요.

그럼, 실패하는 게 더 어려운 순간이 와요.

51

#느리게 걷기 #너의 마음이 보여

천천히 발걸음을 맞춰 걸으며
서로의 마음을 살펴보는 시간

#로미오와 줄리엣 #수족관 재현

└ 사랑 ┐

당신에게도 일어날 수 있는 일

따뜻한 웃음이 피어오르는 나의 날들을 위해
매일매일 나를 가꾸는 중이에요.

#내 인생은 내가 정한다!

내가 노를 젓는 대로 갈 수 있다는 건

정말 신나는 일

#새 학기 첫날 #그날의 설레던 마음이 필요해

└ 설렘 ┐

오늘은 어떤 일이 생길까.

두 근 두 근

#바다 본 김에 해수욕이나 하자

ㄴ헉!ㄱ

열심히 달려왔는데
엉뚱한 곳에 도착해버렸다면?!

.

.

.

어쩔 수 없지 뭐~
좀 쉬었다 가야지~

#이 길의 저편엔 뭐가 있을까?

이 길만은 가고 싶지 않은데
정말 이 길을 지나가야 하나?
왜 나만 어려운 길을 가고 있는 것 같지?

#의심하지 마 #작은 용기

이 길이 맞나?
계속 가도 될까?

걱정이 되곤 했지만, 이제 알겠어요.
지금 걷는 이 길을 나의 길로 만들면 된다는 걸요.

#작은 경험 하나도 #버릴 게 없더라

수많은 고민을 하며
수십 번 길을 돌아가는 동안
　나는 누구보다 더
　그 길을 잘 알게 되었다.

#인생이 늘 어려운 것만은 아닐 거야

└ 인생 ┐

올라가는 힘든 길이 있으면 내려가는 쉬운 길도 있겠지?

#바다 이행시

└ 바다 ┐

바라보면 자꾸 보고 싶고 그리워.
다 담았다고 생각하고 돌아서도 아련해.

#그래 잠깐만 지구를 떠나자

└ 가자, 안드로메다로! ┐

중력이 없는 곳에서

둥둥

떠다니면

어쩐지 피로감도

느껴지지 않을 것 같아.

#내가 찾던 행성 #여기가 바로 천국

┗ 오, 파라다이스! ┓

발길 닿는 곳마다

푸른 하늘,
맑은 공기,
깨끗한 바다!

#그래, 다시 한 번 날아오르자

넘사벽이란 없다

넘을 수 없을 것만 같던 일들을
몇 번이나 지나쳐 왔는지…
뒤돌아보면 그저 웃음이 난다.

#아직 늦지 않았어 #생활의 활력

└ 덕후가 되자 ┐

누가 그래요? 어른이 순수함을 잃었다고?
호기심 가득하던 그 눈빛
우린 아직 잃지 않았어요.
주위를 둘러보면 재미있는 것투성이!

#나는야 어린이에게 꿈과 희망을 심어주는 키덜트

어릴 때 장난감 때문에 언니랑 많이 싸웠었는데
나이 먹고 조카랑 장난감으로 싸우게 될 줄은
꿈에도 생각지 못했습니다.
조카가 갖고 싶어 하는 플레이모빌을 사주기도 하고
내 컬렉션 중 가지고 놀고 싶어 하는 건
마음껏 갖고 놀게 해주지만 내게도 특히 아끼는 게 있습니다.
그것만은 사수하려는 장난감 덕후 이모와
어린 조카의 슬픈 힘겨루기가 이어지던 어느 날,
"이모, 난 빨리 어른이 됐으면 좋겠어요."
"왜 그런 생각을 했어?"
"어른 되면 이모처럼 갖고 싶은 장난감 다 가질 수 있잖아요."
뜻하지 않게 어린 조카에게 훌륭한 롤모델이 되어주었습니다.

런도 후가도 다 담겨서 들 수 있는데……

#2

맑은 날씨 좀
당겨�씁시다

그네처럼 왔다 갔다
매일 제자리인 것만 같아도
마음만큼은 하늘에 닿을 듯

설렘 가득한 날이길.

#적절한 타이밍은 내가 제일 잘 알아
#왼손은 거들뿐 #드루와~ 드루와~

골대가 눈앞에 있다면

이렇게 일대일 상황이고

해볼 만하지 않겠니?

#자존감을 높이는 말 #나에게도 해볼까?

"덕분에 기분 좋다."

"수고했어!"

"나날이 발전하네!"

"네 아이디어 참 기발하더라."

"충분히 잘하고 있어."

"네가 널 믿는 만큼 나도 널 믿어."

"너무 잘하려고 애쓰지 않아도 돼."

남들처럼 살려고 안간힘을 쓰느라

나를 잃어버리지 말고

나만의 속도로 지금 이 순간을 즐겨요.

짙은 안개로 인해 극심한 출근길 정체가 예상된다는 일기 예보
나는 자욱한 안개 위를 유유히 날아 출근한 후
커피 한 잔의 여유를 즐기는 상상을 해본다.

#모든 일에는 끝이 있겠지?

┗ 오늘 일 끝! ┓

"빨래 끝!"이라고 외치며
아주 개운한 표정을 짓던 광고모델이 생각난다.
내 일도 그렇게 개운하게 좀 끝났으면….

나도

"오늘 일 끝!" 하고
시원하게 외치고 싶다!!

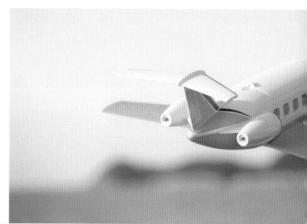

#그냥 비행 직장인이 돼버릴까?

보고서 작성이 끝나기도 전에 새로운 기획안 내라고 할 때

낼 아이디어도 없는데 회의가 끝이 안 보일 때

팀장님이 "오늘 야근으로 고생했으니까, 내일도 야근이야" 할 때

그럴 때 정말 뜨고 싶어요.

아무 때나 소리 지르는 상사 앞에서
욕하지 않은 것

내가 안 참았음 다 죽었어!

#꽂아줄 테니 피를 내놔라 #음하하하하하하하하

오늘도 하얗게 불태운 나

칭 찬 해 .

#쇠고랑 같던 일 #이젠 해방

나를 옭아매던 낮의 시간들은 가랏!

이제 퇴근! 이얏호!

#잘 자요 #행복한 꿈만 꿔요

이 밤이 지나면 다 괜찮아질 거예요.

#아침아, 오지 마 #나의 바람은 침대와 일체형이 되는 것

어릴 땐 잠자는 시간이 아까울 만큼 더 놀고 싶었고
내일이 빨리 왔으면 좋겠다고 생각했는데
이젠 내일이 안 왔으면 싶을 만큼
잠자는 시간이 이렇게 달콤할 수가 없네요.

#누구냐, 너희는! #피로야 가라! #이왕 온 김에 불 좀 꺼주든가

자도 자도 피곤한 건
얻어맞은 듯 온몸이 쑤시는 건
기분 탓일 거야….

#누가 좀 멈춰줘

돌고~ 돌고~ 계속 도는 통차 내일 또 돌것나.

#정인 #오르막길
#그래, 오르기 전에 미소를 기억해두자 #오랫동안 못 볼지 몰라

└ 오르막길 ┐

노래 가사를 떠올리며 사진을 찍을 때가 있습니다.
계속해서 쓰러지는 플레이모빌을 일으켜 세우며
최대한 그 감정을 사진에 담아보려
카메라 앵글을 바꾸고 또 바꾸어봅니다.

#새로운 시작

너무 오랫동안 공들여서 놓기 힘들다고요?

할 만큼 다 했는데도 앞이 보이지 않을 땐

포기하는 것도 용기 있는 선택 아닐까요?

#일 없는 날은 멍 때리기가 꿀잼 #나 건들지 마

"이보게! 이보게! 셜록!

내 말 안 들리는가?"

#새로 만들어질 기억을 향해 걸어가

언젠가 모두 지나가겠지.
어쩌면 무엇 때문에 고민하고 괴로웠는지 모를 정도로
희미해져 가겠지.

이 작은 모래알처럼 흩 어 지 겠 지 .

#작은 행복을 자세히 볼 수 있는 돋보기가 필요해

눈을 살짝 찌푸리게 만드는 밝은 아침 햇살
휴대폰 앨범을 정리하다 발견한 공짜 커피 쿠폰
이틀 전에 뚜껑을 땄는데 아직도 탄산이 살아 있는 콜라
"밥은 먹었니?" 하고 묻는 엄마의 다정한 목소리
내가 올린 SNS 글에 달린 정성 어린 댓글
좋아하는 드라마 시작하기 5분 전의 설렘
일과를 마치고 침대에 누웠을 때의 포근함
이 모두가 오늘 하루 내가 누린 소박한 행복!

행복은 순식간에 지나갈 때가 많아요.
그 순간을 붙잡아 마음속에 가득 담아보세요!

#내 주말 돌려줘 #내 놓으란 말이야

"임금님 귀는 당나귀 귀!"

라는 소리가 들려오던 대나무 숲에서
새로운 소리가 들린다고 한다.

"내 주말 어디 갔니?!!"

귀신같은 월요일
몽땅 잡아가줘!

#까꿍! 나왔다가 금방 들어가

"까꿍!"

주말
잠
휴가
여행
월급날의 기쁨

길었으면 하는 것들은 모두 짧다.

└ 변덕 ┐

내가 직장생활하며 못 해봤던 것

정.시.퇴.근.

퇴사했더니
정시 출근이 그립더라.

#나만 빼고 #다 즐거워 보여

┗ 나도 데려가 ┓

"지금 다들 어디 가는 거예요?"

가끔 그런 기분이 들 때가 있어요.
모두들 놀러 가는데
나만 일하는 것 같은 억울한 기분

#힘들 땐 #신나는 일을 찾아봐요

└ 눈썰매 ┐

미끄러져 내려오는 순간만큼은 복잡한 생각이 모두 달 아 나 요.

허벅지가 터질 듯이 페달을 밟으면
자전거가 저절로 앞으로 나가는 그 순간
귓바퀴를 스치고 지나가는 바람이

나는 그렇게나 좋더라.

#내가 원한 건 화창한 바다
#그래도 비 오는 바다가 화창한 출근길보다 낫다

└ 어느 휴가 ┐

돈도 휴가도 다 당겨서 쓸 수 있는데

맑은 날씨도 좀 당겨씁시다!

여행지의 설렘과 집의 편안함을 함께 싣고 달리는 차
어느 각도에서 사진을 찍어도 작품이 되는 차
어디서든 멈춰 설 수 있는 자유로움을 장착한 차

캠핑카 여행 한 번 해봤으면
소원이 없겠네.

#떠나요, 둘이서

누군가 내게 '당신은 얼마나 자주
여행을 가야 한다고 생각하나요?'라고 묻는다면

난 이렇게 대답할 겁니다.

비워낸 머릿속이 일로 가득 찰 때
바람의 온기와 바다 냄새, 싱그러운 푸르름이 그리울 때
그 사람과 달콤한 추억을 만들고 싶을 때

망설임 없이 떠날 거라고.

#내가 여행을 떠나는 이유는?

"무슨 짐을 그렇게 많이 챙겼어! 젤 쪼그만 게 가방은 젤 커!"

"지금은 비었쪄! 가서 장난감 쓸어 올 거얌!"

#행복한 여행의 조건

설레는 마음
　　갈증을 씻어줄 음료
　　　그리고 마음이 잘 맞는 사람

#월급날 #그날만은 힘이 불끈

이제 다시 일상으로 돌아가야 할 시간

너무나 아쉽지만

한 달에 한 번 돌아오는 그날을 생각하면

발걸음이 조금 가벼워진답니다.

#먹어야 힘이 나지

아무리 바빠도

삼시세끼, 끼니는 꼭 챙기자고요!

퇴근과 동시에 일은 생각하지 않는 겁니다.
나를 힘들게 했던 그 사람도
행동으로 옮기지 못한 그 일들도
모두 잊는 겁니다.

#잊지 말자 #내 인생은 모두 A 컷

└ A 컷 인생 ┐

내가 선택하고 담아낸 순간은

모두 A 컷

#여행은 나의 힘

웃는햇살의 여행 십계명

1. 아침 일찍 일어나 출발을 준비한다. 시간적으로 여유로워야 만족스러운 여행이 되더라.

2. 좋은 풍경은 카메라보다 눈에 더 많이 담는다. 사진 찍느라 멋진 풍경 보는 즐거움을 놓쳐선 안 돼!

3. 그날그날의 날씨를 즐긴다. 안개 낀 날, 비 오는 날, 바람이 몰아치는 날에 걸맞은 색다른 여행도 있으니까.

4. 계획한 일정을 소화하지 못하더라도 스트레스 받지 않는다. 여행은 일이 아님 주의!

5. 한 장소에서 30분 이상 머물며 그 장소를 온전히 마음에 담아본다. 인증샷만 찍는 여행은 No, No!

6. 같은 장소를 여러 번 가본다. 이전에 보지 못했던 것을 발견하는 즐거움이 그곳에 있다.

7. 유명한 탈것은 한 번쯤 경험해본다. 탈것에 따라 여행하는 속도와 시선이 달라지더라.

8. 완벽한 여행보다 조금 아쉬운 여행을 한다. 그래야 다음에 또 갈 테니까.

9. 관광 포인트를 찍는 대신 내 마음이 이끄는 대로 다닌다. 꼭 가야 할 곳, 꼭 먹어야 할 음식은 없다!

10. 여행지에서 찍은 사진, 영상들을 틈틈이 꺼내본다. 특히 스트레스 상황에서 기분 전환용으로 최고!

어둑어둑해지는 하늘과 마주보며 인사해요.

3

내일은 더 밝은
날이 될 거예요

#지구에도 B612 포인트가 있다

"어떤 날은 마흔네 번이나 해 지는 걸 봤어.
아주 서글플 때 해 지는 게 보고 싶거든."

어린왕자가 자꾸 의자를 당겨 봤을 것 같은 해 지는 풍경

#이 꽃다발 받아줄 분 어디 없나요?
#내 마음은 준비됐어요

나 홀로 나무 1

가끔 이 세상에
오직 나 혼자뿐인 듯한

외로움이 찾아와요.

혼자 힘으로 버티려고 애쓰지 마세요.

함께 있어도 외로울 수 있지만

그냥 옆에 있는 것만으로 위로가 될 때도 있잖아요.

지금 옆에 있는 사람과 마음을 나누어봐요.

#생각이 너무 많아
#아무것도 하지 말자

생각의 검은 그림자와 우울함에

너무 깊이 빠지지는 말아요.

"지겨워."
"못 살아."
"그럴 줄 알았어."

나에게도 해서는 안 될 말들

#해가 저도 우리의 행복은 지지 않아

└ 나란히 ┐

나란히 앉아

사소한 행복을 나누고

끝나지 않을 것 같은 슬픔을 나누어요.

#햇살만큼 따뜻한 말 한마디

┗ 상처 ┓

언젠가 다 지나간다는
너의 위로에
나는 다시
햇살 앞에 설 힘을 얻었지.

기다림이 즐거운 일상인 사람

그의 따뜻한 말 한마디와 여유 가득한 웃음이

얼마나 많은 사람들을

멋진 곳으로 데려다줄까요?

#우리들의 올라프 #같이 눈사람 만들래?

└ 눈사람은 즐겁다 ┐

전 세계 눈사람들의 공통점은
누군가가 즐거운 마음으로 만들었다는 것

#시간아 얼음! #그대로 멈춰!

┗ 붙잡고 싶은 시간 ┐

시간의 페달은 멈추지 않고
끊임없이 바뀌는 계절의 풍경을 따라
나를 스치고 지나간다.

#약간의 거리 #기다려주는 마음

괜찮아.

네가 오고 싶을 때 와.

난 언제나 여기 있을게.

마음이 가장 따뜻해지는 시간
마음이 가장 솔직해지는 시간

#내 마음을 보듬어주어야 할 시간

오늘 나의 하루는
미움과 후회가 더 많은 하루였을까?
되돌아보게 된다.
이대로 마무리하기엔 나한테 너무 미안하니까….

#피로가 녹는다 #올라프의 꿈

ㄴ 하루의 마무리 ㄱ

지쳤던 하루를 욕조 속에 담그면

얼어붙은 마음까지 녹아내리는 것 같아.

#어디에 맺힐까 내 마음

이렇게 비가 온 세상을 적시는 날이면
내 마음도 촉촉하게 젖어든다.

#나에게도 다른 이에게도 배려 있게

못나게 굴었던 것
소신과는 다르게 행동한 것을 돌아본 후
오늘과는 조금 다른 내일을 결심해본다.

자고 일어나면 소인국 사람들이
나를 꽁꽁 묶어놓고 있는 건 아닐까?

알고 보면 거인국 사람들이
나의 일거수일투족을 지켜보고 있는 건 아닐까?

어린아이 같은 생각들이지만
지금도 가끔 이런 생각이 든다.

#아무것도 하지 않아도 #힐링

ASMR

언제나 바람의 부름만큼 대답하는

파 도 소 리

#너무 깊이 생각하지 마 #금방 잊힐 일이야

└ 그냥 웃어버려요 ┐

속상한 일은 언제나
불쑥 찾아오곤 하죠.

그럴 땐
따뜻한 햇살 받으며 웃어봅니다.

〈드래곤 길들이기〉는 서로의 생존을 위해 싸워야만 했던

바이킹과 드래곤이 서로 우호적인 관계로 거듭나는 과정을 그린 애니메이션입니다.

주인공 히컵은 자신이 던진 올가미에 묶여 움직이지 못하는 드래곤,

나이트 퓨어리의 눈에서 자신이 가진 것과 같은 두려움을 보고는 그를 풀어줍니다.

하지만 나이트 퓨어리는 다친 꼬리 때문에 다른 곳으로 날아가지 못하죠.

히컵은 그런 나이트 퓨어리를 먹이고 치료해주는데,

그 과정에서 서로의 두려움은 느슨해집니다.

히컵은 용기를 내어 나이트 퓨어리를 향해 손을 내밀고,

나이트 퓨어리는 자신의 얼굴을 히컵의 손에 대는 것으로 믿음을 표현합니다.

참 인상 깊었던 그 장면을 재현해보았습니다.

한때 적이었던 상대를 향해
손을 내민다는 건 어떤 의미일까요?

#북극곰 #함께 살아간다는 것

⌐ 공존 ⌐

어려운 상황에서

서 로 에 게

손 내밀 수 있다는 것

#우선 부딪혀보는 거야
#한 발 내디디면 이미 시작

안전한 항구를 떠나 항해하라.
탐험하라.
꿈꾸라.
발견하라.

-마크 트웨인

#모래놀이 #이젠 모래찜질 할 나이가 되었네

"두껍아 두껍아 헌 집 줄게 새 집 다오~ ♫"

넓게 펼쳐진 모래사장을 보면
어릴 적 모래놀이 하던 때가 떠올라요.
아무런 도구 없이도 하루 종일 즐거웠던 그때가.

#누가 봐도 #나는야 서퍼

"서핑보드가 인테리어용이 아니라는 걸 보여주겠어!"
라고 큰소리쳤던 거 잊어줘.
그냥 이렇게 즐기는 것도 나쁘지 않은 것 같아.

#진짜 휴식이란 #생각 버리기

휴가, 이거면 돼!

#속도제한 없음

너에게로 달려가는 이 마음을 멈출 수 없어.

#네가 떠올라

코스모스가 있어
참 좋은 가을날
쏟아지는 그리움을 안아본다.

방울방울 커지는 기대감으로
함께 꿈꾸고
그대로 나아가는 것

└ 사랑은 2 ┐

그 사람으로 인해 내가 나를
더 소중하게 느끼게 되는 것

나도 그렇게 해줄 것

#너무 앞서가면 #부담스러워

마음의 속도를 맞추는 것부터 시작할까요?

1. 최대한 무심한 척!
2. 눈은 마주치지 않고!
3. 그리고 불쑥!

"오다 주웠다!"

사실 떨어질까 무서운 내 마음을 주워왔어요.

#오직 당신만을 위한 연주

아무 말 하지 않아도

그대가 나에게 집중해 있음을 느낄 수 있어요.

#오늘이 괴롭고 힘들었어도 #조금 더 나은 하루로 기억되게

가볍고 작은 행복도 괜찮아요.

그 소소함을 건반 위에 올려 연주하면

내일이 기다려지지 않을까요?

#난 외롭지 않아 #힘들어도 고개는 들고!

└ 늘 함께 ┐

지금 이 세상은
스스로를 채찍질하며
경쟁에서 이겨야만 살아남는
정글 같은 곳이긴 하지만

주위를 둘러보면
내 푸념을 들어주는 친구
서로를 응원해주는 동료
언제나 편안한 가족이

나와 늘 함께하고 있다.

#누군가 항상 내 곁에 있다는 것

이 세상에 태어나
우리가 경험하는 가장 멋진 일은
가족의 사랑을 배우는 것이다.

– 조지 맥도널드

#반가웠어요 #다음에 또 만나요

└ 안녕 ┐

어둑어둑해지는 하늘과 마주보며 인사해요.

내일은 더 밝은 날이 될 거예요.

쪼그려 앉은 다리가 찌릿찌릿 저려오고
카메라 무게에 손이 덜덜 떨리기도 하지만

내가 정말 바라는 마음들을 꺼내어 자세히 들여다보며
플레이모빌이 사는 작은 세상에 담아봅니다.

제가 플레이모빌을 통해 이렇게 여러분께 이야기를 건네면
여러분은 작은 미소와 공감으로
제게 손을 내밀어주시겠지요?
서로의 미소 띤 마음이
또 다른 이에게 향할 수 있다는 상상을 해보는 일은
제게 작지 않은 행복으로 다가옵니다.
이렇게 저는 앞으로도 여러분의 손을 잡고
함께 나아갈 생각입니다.

행복한 플레이모빌의 일상 속으로….

감사의 말

언제나 나를 지키시고 힘이 되어주신 하나님.

묵묵히 기도로 응원해주시는 아빠.

내가 잠들 때나 깨어 있을 때나 건강과 기분까지 챙겨주시는 엄마.

플레이모빌을 알게 해준 사람이자 동생 자랑을 아끼지 않는 첫째 언니 조영빈.

함께하면 친구같이 재밌고 비슷한 취향을 가진 둘째 언니 조영란.

가끔 아이디어도 제공해주고 나를 좋은 놀이 친구로 생각해주는 조카 시언이.

늘 기도해주시는 따뜻한 형부 유지훈 목사님.

플레이모빌 사진을 찍기까지 많은 응원과 조언을 해주신 오재철 작가님.

대학교 시절부터 티격태격했지만 현실적인 조언을 아끼지 않는 친구 유선영 작가.

책이 나오기만을 기다리며 응원해주신 혜영 님,

선미, 정은, 경은, 정화, 혜성, 도하, 마리아, 선영, 지연, 현정,

민지, 정윤, 민영, 소연, 유복림 님, 김혜숙 님, 강성영 님,

양삼식 님, 이진숙 님, 이종식 목사님과 김명숙 사모님.

플레이모빌을 수집하며 많은 정보와 즐거움을 공유하는 모임 '따스한 만남'의

수박반통 님, 태식 님, 따스히 님, 자혁 님.

SNS에서 제 사진을 좋아해주시고 글에 공감해주신 모든 분들께 감사드립니다.

맑은 날씨 좀 당겨써볼까?

초판 1쇄 인쇄 2019년 2월 11일   **초판 1쇄 발행** 2019년 2월 20일

지은이 조미나
펴낸이 연준혁

출판 2본부 이사 이진영
출판 6분사 분사장 정낙정
책임편집 박지숙
디자인 김준영

펴낸곳 (주)위즈덤하우스 미디어그룹 **출판등록** 2000년 5월 23일 제13-1071호
주소 (410-380) 경기도 고양시 일산동구 정발산로 43-20 센트럴프라자 6층
전화 (031)936-4000 **팩스** (031)903-3895 **홈페이지** www.wisdomhouse.co.kr

ⓒ 조미나, 2019
값 14,800원
ISBN 979-11-89709-80-8 [00810]

이 도서의 국립중앙도서관 출판예정도서목록(CIP)은 서지정보유통지원시스템
홈페이지(http://seoji.nl.go.kr)와 국가자료공동목록시스템(http://www.nl.go.kr/kolisnet)에서
이용하실 수 있습니다.(CIP제어번호: CIP2019004123)